Gracias por compar ^{to share}

por Julia Giachetti • ilustrado por Marc Monés

—Es hora de comenzar con las presentaciones orales —dijo el señor Nicolás.

—Tú vas primero, Tomás —dijo él.

Yo me paré *(stand up)* frente a la clase.
(parar)

—Este es el señor Robo —dije yo—. El señor
Robo tiene zapatos que se encienden y cerebro
de computadora.

Les mostré a todos cómo camina el señor Robo.

—¡Eso está bien chévere! —dijo Carlos.

—Gracias por compartir, Tomás —dijo el señor Nicolás—. Es el turno de Julia. Ella nos va a mostrar sus conchitas rosas.

Cuando Julia terminó su presentación, ella permitió que todos tocaran las conchitas.

Yo me llevé al señor Robo a la esquina.

—¿Puedo jugar con el señor Robo? —preguntó Carlos.

8

—¡No! —dije yo—. Podrías romperlo.

Carlos se fue a jugar con los carritos.

—¿Puedo jugar contigo? —preguntó Julia.

—Ni te acerques al señor Robo —dije yo.

Ella se fue a jugar con los carritos.

El señor Nicolás se acercó.

—¿No crees que sería más divertido compartir al señor Robo con tus compañeros? —preguntó.

—Tal vez el señor Robo podría jugar con los carritos también —dije yo.

Maybe (handwritten above "Tal")
could (handwritten above "podría")

El señor Robo y yo fuimos con Carlos y Julia.

—¿Podemos jugar con ustedes? —pregunté.

14

—Pongamos al señor Robo detrás del camión —dijo Julia.

¡El señor Robo empujó el camión!

—¡El señor Robo es un excelente conductor!
—dijo Carlos.

Yo opino lo mismo. *I have the same opinion*